KB092132

희망풍경

전선희 시집

시음사
시사랑음악사랑

꿈과 희망을 노래하는 시인 전선희

버킷 리스트(bucket list) 죽기 전에 꼭 해보고 싶은 일과 보고 싶은 것들을 적은 목록을 가리키는 말이라고 한다. 바로 전선희 시인에게 너무도 잘 어울리는 단어가 아닌가 한다. 사람이 살아가면서 하고 싶은 것을 해보는 일 얼마나 행복한 일인가. 시인이 시를 집필하고 그 詩를 모아서 작품집(作品集)으로 엮는다는 것은 꿈이며 시를 쓰는 사람의 희망이기도 할 것이다. 전선희 시인은 버킷 리스트 중 한 가지인 개인시집을 엮기 위해서 이성의 합리적 역할과 자아의 투영을 그리면서 언어가 주는 의미와 논리화를 말하듯 자연스럽게 시로 표현했다. 자아에서는 주체의 동일성을 부정하는 것보다는 현대사회의 정체성을 말하며, 독자에게 묻고 있다. 분리되고 파괴된 현대인들의 정신세계가 시인의 시로 인해 치유될 수 있는지를 서정적인 문체로 시를 엮어 독자에게 선물한다.

하루에 두세 시간 잠을 잔다는 시인은 전형적인 도시형 시인이다. 아이를 키우며 꿈을 꾸고 자신의 세계를 만들어 가는 시인은 과연 어떤 자아를 가지고 살아갈까? 어떻게 하면 하루 두세 시간 자면서 그 많은 일을 하면서도 詩作을 할까? 의문점투성이가 시인 바로 전선희 시인이다. 그래서 그런지 전선희 시인의 작품을 보면 모더니즘 적이면서도 회화성, 공간성, 감각성을 강조하면서 상징주의, 초현실주의, 입체파 시인이라는 생각이 든다. 너무 프로다운 면을 보여 주지도 않으면서 간결하면서도 부드러운 시어들과 함께 시인이 나타내고자 하는 의미를 잘 표현하는 시인이다. 이제 첫 시집 "희망풍경"을 독자 앞에 펼쳐 놓았다. 독자는 시인과 함께 꿈과 희망을 노래하길 바라는 마음으로 멋진 시집을 추천할 수 있어 기쁜 마음이다.

사단법인 창작문학예술인협의회 이사장 김락호

시인의 말

이 세상을 살아가다 보면 생의 한 가운데
나의 의지와 상관없이 폭풍이 몰아치는 어둠 속을
혼자서 걸어가야 할 때가 있다

나의 인생에서
지금은 비록 어렵고 힘들지라도
훗날 커다란 행복을 한 아름 안겨 줄 것이라 믿는다

세상이 각박해지고 힘들어질수록
밝고 고운 삶의 노래를 하고 싶다

푸르른 하늘처럼 투명하게
새벽공기처럼 맑게
따사로운 햇살이 되어 생동감 넘치는 삶
활기 넘치는 인생이 되고 싶다

겨울이 아무리 길어도 봄은 오듯이
아침이 오면 새 희망을 꿈꾸듯이
그리움과 추억으로 가슴 벅찼던 지난날들이 소중했던 만큼
주어진 오늘 하루에 감사하며
잔잔한 미소와 행복을 전해 주는 사람이 되고 싶다
눈부시게 다가올 내일을 위해
마음을 활짝 열고 새롭고 신선함으로
기대와 설렘의 노래를 하고 싶다
삶이 다하는 그 날까지….

꿈과 사랑으로
오늘도 향기로운
희망의 꽃 한 송이 곱게 피워본다

시인 **전선희**

하나. 희망을 노래하는 삶과 인생

QR 코드 스마트폰으로 QR 코드를 스캔하면 시낭송을 감상할 수 있습니다.

제목 : 나에게 주어진 하루
시낭송 : 최명자

제목 : 희망풍경
시낭송 : 박영애

두울. 아름다운 동행 - 가족 & 친구

셋. 가을 봄 겨울 여름

넷. 여행 또 다른 삶

QR 코드 스마트폰으로 QR 코드를 스캔하면 시낭송을 감상할 수 있습니다.

제목 : 한여름 날의 오후
시낭송 : 박태임

제목 : 삶의 아름다운 풍경
시낭송 : 김지원

다섯. 그리움 그리고 사랑

QR 코드
스마트폰으로 QR 코드를 스캔하면
시낭송을 감상할 수 있습니다.

제목 : 나였으면 좋겠습니다
시낭송 : 박영애

하나.
희망을 노래하는
삶과 인생

삶도 사랑도 가을빛으로 물들고

사랑하는 사람아
그대와 함께 하는
이 삶이
기쁨이고 행복이며
아름답게 느껴집니다

황금빛으로
탐스럽게 익어가는
내 삶도
한 폭의 가을 풍경처럼
예쁘게 보입니다

오색 물결 이 멋진 계절에
꽃처럼 아름다운 마음으로
풀잎처럼 싱그러운 향기로
곱게 영글어 갑니다

우리의 삶도 사랑도
떠돌고 흐르면서
가슴속 여유로움과 연륜의 깨달음으로
가을빛으로 물들어 가고 있습니다

가을동화

아이들의 첫 선생님으로 살았던
멋진 세상
아름다운 세월 23년
그 시간은
참 예쁘고 맑아라

올려다본 하늘빛이 좋았고
아이들의 초롱초롱한 눈망울
소리를 내어 까르르 웃는
해맑은 웃음이
참 귀엽고 밝아라

어우러지고
재잘거리며
환한 웃음 나누던
동화 같은 시간
참 즐겁고 행복했어라

하루 또 하루

부드러운 햇살이 눈부시게 빛나고
날마다 새로운 아침을 맞이하며
하루 또 하루 그렇게
세월은 지나가고 있다

바람처럼 스치는 수많은 생각의 밤
삶을 사랑하며 살아간다는 것이 힘겨운 날
시간이 가고 세월이 흐르다 보면
그때는 그랬었지 하는 여유로운 미소의 날도 만나리라

살날이 살아온 날보다 적게 남아 있는 작금
이제는 편하게 내려놓으니 긍정의 날개로
내 마음은 하늘을 날고
사랑과 축복의 문이 열린다

가슴을 활짝 열어
고운 미소로 반기는 소중한 하루
한 아름 행복을 담은 들꽃 향기가
가을 수채화처럼 곱게 물들어간다

삶의 뜨락

사계의 시간 속에서
소박한 내 삶의 뜨락에
가슴을 뛰게 하는
하루라는 수를 놓습니다

단 한 번 주어지는 인생길이
뜬구름처럼 떠돌다
스치고 지나가는 바람 같은 생일지라도
내게 주어진 삶이 그저 아름답기만 합니다

은빛 물결처럼 흘러가는 세월 속에
굴곡진 삶의 언저리마다 간절한 그리움으로
내 삶의 뜨락엔 빛바랜 추억조차도
소중한 선물이 되었습니다

가랑잎 하나에도 눈물이 나고
한 줄기 바람에도 외로움이 스치는 중년이지만
지금의 내 모습을 담은 삶의 뜨락에 언제나 지지 않는
아름답고 향기로운 중년의 꽃이 되고 싶습니다

나에게 고맙다

새 하늘과 새 땅이 열리고
창가에 햇살이 미소짓는 날
내 삶의 계절은
노을빛으로 물들어간다

오십 번을 넘는 가을을 맞이하면서
세상을 가득 채운 빛의 선율이
주저리주저리 열리고
삶의 깨우침이 송알송알 익어간다

조금은 무뎌지고
조금은 너그러워지고
조금 더 기다려 주면서
따뜻하고 멋진 세상을 위해
꽃처럼 환하게 웃는다

나에게 고맙다 여기까지 참 잘 왔구나
마음의 주인으로 살았던 그 세월이
이리도 편안한 것을
오늘도 나는 나를 사랑할 하루를 선물 받는다

하루

햇살이 고운 날이나
정겨운 비가 내리거나
다정한 바람이 부는 날이어도
너를 생각하며
살아있어 좋은 하루

숲속 늘 솔길 따라
가을이 오는 소리를 들으며
새로운 하루를 보내는 오늘도
너의 생각으로
그리움에 수를 놓는 하루

언제나 마음자리에
늘 함께 하는 어울림으로
간절한 보고 싶음이
한 아름 미소로 기다리는 하루

사랑의 빛으로 찬란한 풍경으로
하루하루가 모여 만든 일생을
눈물이 아닌 기쁨으로
불평이 아닌 행복으로 채우리

몫

누구에게나 똑같은 삶의 무게
행복하게 웃으면서 끌어안을 것인지
고통으로 무겁게 짊어지고 살 건지는
각자의 몫

내가 앉은 자리가 나의 자리이듯
나에게 가장 알맞고 편안한 십자가는
지금 내가 지고 가는 십자가의 은혜의 몫

기쁨과 감사의 마음
축복과 사랑의 마음
내 삶 내 인생은 나의 몫

오늘 하루

햇살 같은 소중한 시간
윤슬처럼 빛나는
오늘 하루는 축복입니다

해맑은 마음으로
온종일 열심히 일해온
오늘 하루는 행복입니다

좋은 사람들과 함께
온 마음으로 진심 어린 정을 나눈
오늘 하루는 사랑입니다

모닥불 같은 정열을 위해
삶의 열정적인 순간을 만든
오늘 하루는 아름다움입니다

은은한 미소와 밝고 환한 웃음으로
즐거움과 행복이 넘친 오늘 하루는
하늘이 내린 아름다운 세상입니다

세상

외로움이 깊을수록
가슴이 넓은 사람이 있는 한

사랑이 클수록
심장이 뜨거운 사람이 있는 한

세상을 밝게 보는 눈으로
밝은 세상을 만드는 사람이 있는 한

세상은
살만한 곳이다

나에게 말합니다

오늘도
행복하다, 행복하다
나에게 말합니다
그러면 정말 행복한 나를 봅니다

오늘도
웃자, 웃자
나에게 말합니다
그러면 정말 웃고 있는 나를 봅니다

오늘도
사랑해, 사랑해
나에게 말합니다
그러면 정말 사랑받고 있는 나를 봅니다

오늘이
내 생에 최고의 날이라고
나에게 말합니다
그러면 정말 생에 최고의 날을 보내는 나를 봅니다

오늘도
나는 주문을 걸고
작은 행복의 미소를 짓고 있는 나를 보며
그 미소에 내 마음도 행복해집니다.

나에게 주어진 하루

따사로운 햇볕
싱그러운 바람
계절의 속삭임을 들으며
나에게 주어진 하루에 감사하렵니다

사랑하는 마음
아름다운 세상
축복의 나날들을 떠올리며
나에게 주어진 하루에 감사하렵니다

맑고 순수한 영혼
삶의 감동적인 순간
세상의 작은 행복을 느끼며
나에게 주어진 하루에 감사하렵니다

들꽃 한 줌
길가의 돌멩이 하나
존재의 환희
의미 있는 모든 것들을 보며

나에게 주어진
오늘 하루도
감사함으로 살아가야겠습니다.

제목 : 나에게 주어진 하루
시낭송 : 최명자
스마트폰으로 QR 코드를 스캔하면
시낭송을 감상할 수 있습니다.

희망풍경

인생이라는 한 권의 책

삶의 어느 날은 햇살이 가득하고
온 세상에 하얀 눈이 내리거나
꽃비가 내렸던 날

즐겁고 기뻤던
감동의 날로 한 페이지
슬프고 외로웠던 힘든 날로 한 페이지

강물 바람의 시간
마음을 나눈 아름다움의 시간
살아온 날 모두 멋진 인생의 삶

내 삶의 모든 축복이
흘러가는 세월과 함께
매 순간 추억으로 남아

인생이라는
한 권의 책이 되어
내 안의 그리움을 써 내려간다

무제

푸른 동산에
금빛 새 날아오르고
무지갯빛 꽃밭에
나비가 날아든다

살아있어
가슴 벅찬 시간은
삶의 노래가 되어
산을 만들고 강을 만든다

생애 어느 날
가장 쓸쓸한 시간이 온다면
누가 내 곁에 있어 줄 것인가
나는 누구의 이름을
마지막으로 부를 것인가

오늘도
해가 지고 바람이 분다

오늘도 하루를 살았습니다

지금까지 살아온 날들처럼
앞으로 살아가야 할 날을 헤아려보며
그리 길지 않다는 생각으로
하루를 보냈습니다

살아오는 동안
내게 기쁨과 슬픔을 주었던 모진 세월은
한 편의 시가 되고 노래가 되어
바람처럼 스치고 지나갑니다

저녁노을을 안고
나에게 남겨진 하루하루를
마지막 날처럼 힘을 다해
맞서고 있는 나를 봅니다

희고도 푸른 모습으로
흙에서 나서 흙으로 돌아가야 하는
비우는 마음으로
오늘도 하루를 살았습니다

소중한 선물

어느 날 문득
삶이 버겁다는 생각이 들 때
그댈 생각하며 시름을 잊을 수 있다면
삶의 소중한 선물입니다

어느 날 문득
외롭고 쓸쓸하다고 느껴질 때
그댈 생각하며 미소 지을 수 있다면
삶의 축복입니다

웃음을 나누며 변함없이
나를 바라보는
그대가 옆에 있다는 건
삶의 기쁨입니다.

그대가
나로 인해 웃을 수 있고
나로 인해 행복해하고
나로 인해 빛났으면 좋겠습니다

그대와 함께하는
오늘 하루도
소중한 선물입니다

산다는 것 살아간다는 것

눈 부신 햇살 고요히 흐르는 강물
삶의 생명과 인연의 끈
산다는 것 살아간다는 것은 만난다는 것입니다

흘러 흘러 살아온 시간
인고의 세월을 살며 속살 비워진 고목처럼
산다는 것 살아간다는 것은 비움의 연속입니다

삶의 기쁨 삶의 슬픔
삶의 의미를 깨닫는 시간
산다는 것 살아간다는 것은 깨달음의 미학입니다

영원한 시간 위에서
주어진 나의 길을 인내로 걷는 삶의 길
산다는 것 살아간다는 것은 묵묵히
혹은 열정적으로 살아가는 것입니다

삶의 여유

바쁜 일상 잠시 내려놓고
초록으로 물든 잔잔한 호숫가
돌담에 곱게 핀 꽃들과
정겨운 인사를 합니다

바람과 나뭇잎의 속삭임
아름다운 선율의 교향곡
마음에 화평과 안식을 주는
삶과 자연을 어우르는 시간입니다

호수의 풍경과
아름다운 소리가 공존하듯
바쁜 일상에서 마음이 쉬어가는
즐거운 쉼표입니다

삶의 기쁨
삶의 작은 행복
삶이 나에게 주는 선물입니다

삶의 길이 아름답습니다

삶이라는 길 가다 보면
때론 고독한 별빛도 만나고
숲과 바람의 향기도 만나게 됩니다

인생이라는 여정의 길 가다 보면
때론 방황과 흔들림도 만나고
포근한 햇살과도 만나게 됩니다

행복한 삶을 위해 내가 만든 길 가다 보면
때론 인내와 끈기도 만나고
삶의 축복과 가슴 벅찬 감동도 만나게 됩니다

어떠한 삶의 길을 가던
아직 길을 가고 있다는 것은 내일의 희망입니다
나에게 주어진 삶의 길이 아름답습니다

아름다운 추억

기쁨과 슬픔, 행복과 즐거움
살아온 나날이 삶의 역사가 되었다

잔잔한 물결처럼 주름진 얼굴에도
세월의 더께만큼 거칠어진 손에도
사랑하는 아이들을 남긴 것에도
아름다운 삶의 체취가 풍긴다

바람처럼 흐른 세월은
아스라이 빛바랜 추억이 되어
지난날의 아픔을 어루만지며
내 어깨를 감싸며 위로해준다

불어오는 바람처럼
묵묵히 걸어온 시간
가슴 설레며 행복했던 날들이
내 삶의 아름다운 자서전이 되었다

사계절처럼 오고 가는 인생
건강한 몸과 맑은 정신으로
흐르는 강물처럼 대지의 생명수 되어
남은 삶을 의미 있게 수놓으며 살고 싶다

일탈을 꿈꾸다

삶의 강에서
오늘도 나와 내 안의 나
두 마음이 전쟁을 일으킨다

나는 내일의 빛나는 삶을 위해
고운 마음결 향기로운 지혜로
꽃처럼 아름답게 살자 한다

내 안의 나는 유혹의 눈빛에 감염된 듯
환희의 전율과 황홀한 일탈을 즐기자며
감미로운 목소리로 속삭인다

억새와 나의 인생

꽃같이 예쁘고 아리따운
시절은 어디로 갔는지
중년의 모습을 한 낯선 여인은
야생화처럼 힘든 삶이 얼굴에 묻어 있다

내 앞에 펼쳐진 넘어야 할 산들을
산등성이 억새처럼 끈질기게 살아냈던 삶
피고 지는 세월을 지나고 보니
모두가 하얀 그리움이 되었다

나에게로의 삶의 여행길에서
고운 자태의 은빛 억새처럼
빛나는 향기 날리는 세상의 창가에서
희망의 노래를 부르고 싶다

수채화 같은 삶

태양과 달이 보이지 않을 때까지
온종일 일 속에 묻혀있는 나의 삶
나에게 주어진 일상이 버겁다

몸은 힘들다며
여기저기서 떼를 쓰는데
마음은 안된다며
정신력으로 인내를 가르친다

삶의 무게가 가슴을 누르고
어깨가 무거워
모든 걸 내려놓고 싶다며 투정 부릴 때
반짝이는 눈망울들이 내 마음을 잡아준다

언제나 곁에서 힘이 되어주는 나의 분신
그들을 키우기 위해 내 삶이 이처럼 버거웠나
오늘도 희망의 미소로
수채화 같은 삶의 그림을 그린다

사색의 아침

새들의 지저귐 소리에
고요한 아침이 열리고
문득 올려다본 하늘은
하얀 뭉게구름이 그림처럼 펼쳐져 있다

아늑하고 고요한 속삭임에
고운 햇살이 해맑게 깨어나고
들녘 솔바람 사이로
싱그러움이 물결친다

맑은 향내 푸른 숲은
소녀 같은 수줍음으로
푸르른 날의 진한 그리움을 담아내고
나의 가슴을 뛰게 한다

하늘과 바람과 꽃들이 함께하는 인생
내 삶이 느껴지는 빛나는 하루 중
유리알처럼 맑은 사색의 아침이
하늘빛에 소담스레 영글어간다

희망의 그림

태양 아래 지친 삶의 인생
밤이 지나면 새벽이 오듯이
아무리 힘들어도
오늘은 가고 내일은 옵니다

밤하늘에 환하게 웃고 있는 달처럼
어둠 속에 반짝이는 별처럼
일상이라는 버거운 삶에
희망이라는 꽃씨를 뿌립니다

어두운 터널을 지나고 나면
아름다운 햇살이 비추듯
비가 내린 땅에서 희망을 찾듯
기대와 설렘으로 꽃 한 송이 곱게 피웁니다

인생이라는 삶 속에서
사랑을 노래하고 행복한 세상을 꿈꾸며
아름다운 미래로 가는 길목인
오늘을 사랑하고 사랑합니다

희망풍경

인생이라는 장벽 속에
길을 밝혀주는 작은 별빛처럼
오늘도 어둠의 길고 긴 밤은
새벽을 기다립니다

세상이라는 무대에
밝아오는 여명처럼
어둠 속에서 빛을 발하듯
나에게는 그대 사랑만이 희망의 빛입니다

내일을 꿈꾸는 대지에
북적거리는 삶의 이야기 속에
인생의 꿈을 찾아준 씨앗처럼
나에게는 그대 사랑만이 한 가닥 희망입니다

천둥 번개의 삶을 살아가는 모든 이여
꿈을 꾸며 맑은 영혼을 가진 모든 이여
가슴을 뛰게 하는 우리들의 삶에는
사랑만이 유일한 희망의 꽃입니다

날마다 새로움으로 채색되어가는 삶의 여정
세상을 향해 다가설 수 있는 용기와
꿋꿋한 의지와 활기찬 함박웃음으로
오늘도 희망 풍경을 그립니다

제목 : 희망풍경
시낭송 : 박영애
스마트폰으로 QR 코드를 스캔하면
시낭송을 감상할 수 있습니다.

33

푸르름으로

푸른 하늘 푸른들
푸른 웃음으로
온몸에 햇살을 받고
하루를 걷는다

별빛 하나 풀잎 하나
햇빛에 베인 청초함으로
초록 물결 잎사귀들은
찬란한 몸짓을 한다

그 어떤 황량한 삶일지라도
꿈과 희망을 잃지 않는다면
우리 사는 세상도
푸르게 푸르게 빛날 것입니다

오늘을 행복하게 사는 것이
인생을 행복하게 사는 것입니다

따사로운 태양의 손길
바람의 싱그러움
자연과 함께할 수 있다는 것은
행복한 일입니다

매일 반복되는 일상이지만
이른 아침에 일어나
갈 곳이 있다는 것은
행복한 일입니다

긍정의 눈으로 세상을 바라보고
좋은 말 좋은 행동으로
자신의 삶을 만들어가는 것은
행복한 일입니다

세상은 의미 있고
가치 있는 인생을 사는 것이
최고의 삶이며
가장 행복한 일입니다

감사하는 마음 사랑하는 마음으로
오늘을 행복하게 사는 것이
인생을 행복하게 사는 것입니다

별을 향해 걸어가자

어둠이 가득한 하늘에
작은 점 하나 반짝이더니
별이 되어 빛난다

별 하나에 꿈
별 하나에 사랑
별을 그리워하다
나의 가슴에 별을 심었다

평온의 별
믿음의 별
열정의 별들이
아름다운 별빛 되어 가슴에서 빛난다

너와 나
희망을 안고 별을 향해 걸어가자
수많은 별이 우리들 가슴에서
은하수 되어 찬란하게 빛나도록

꽃처럼 살고 싶다

영롱한 아침이슬에
눈부시게 빛나는 꽃처럼
세상에 힘이 되는 사람으로 살고 싶다

싱그러운 꽃 향으로
언제나 향기 나는 꽃처럼
세상에 기억되는 사람으로 살고 싶다

청순하고 환한 미소로
활짝 웃는 화사한 꽃처럼
마음이 고운 사람으로 살고 싶다

세상을 꽃처럼 살고 싶다
꽃처럼 예쁘고
아름답게 살고 싶다

지금 이 순간을 사랑합니다

많은 순간을 맞이하지만
지금보다 행복한 순간은 없습니다
오늘이라는 지금 이 순간을 사랑합니다

일상의 아름다운 삶
내 생애 가장 빛나는 시간
가장 행복한 지금 이 순간을 사랑합니다

다시 오지 않을 오늘
내 생애 가장 소중한 시간
가장 의미 있는 지금 이 순간을 사랑합니다

인생의 가장 좋은 추억이 될 지금
순간순간 사랑하고
순간순간 행복 하렵니다

바람의 속삭임

눈부시게 푸르른 봄날
마음이 쉬어가는 의자에 앉아
감미로운 바람의 속삭임을 들었네

이 세상에 영원한 것은 없으니
비우고 버리는 마음으로 살아간다면
그나마 삶이 쉬워진다며 정겹게 속삭이네

바람처럼 가볍게 와서
바람처럼 떠돌다 갈 것이니
희망과 용기를 잃지 말라며 다정하게 속삭이네

우리가 찾는 행복은 마음속에 있나니
내게 온 고난과 시련도 즐기면서
긍정과 웃음으로 따뜻하게 살라며 속삭이네

세상에 그리움의 시간 허공에 날 리 우고
사랑의 노래로 행복한 날들을 보내다 오라며
바람 편에 속삭이네

후회하지 않기 위해

봄에 후회하지 않기 위해
춥고 힘든 긴 겨울 고통스러운
전율의 과정을
겨울은 꿋꿋하게 이겨냅니다

여름에 후회하지 않기 위해
따사로운 햇살을 온몸으로 맞이하며
파릇파릇 새싹들은
봄에 무럭무럭 자라납니다

가을에 후회하지 않기 위해
나뭇잎들은 뜨거운 태양을 견디며
최고의 색과 모습으로
여름을 마무리합니다

겨울에 후회하지 않기 위해
낙엽들은 불어오는 강바람에
제한 몸 불살라 붉게 타오르며
마지막까지 가을을 지켜냅니다

인생이라는 여행이 끝나는 날
후회하지 않기 위해
나는 주어진 시간 동안 최선을 다해
오늘 하루도 살아갑니다

내 삶은 헛되지 않으리

내 사랑하는 이여
언제나 한결같은 마음으로
그대가 나를 얼마나 사랑하는지
그대의 두 눈을 보면 알 수 있어요

내가 그대를 사랑하는 동안
환희와 기쁨의 이야기들을
달콤하게 속삭이며
따뜻한 그대의 눈빛 속에 살고 싶어요

그대가 나를 사랑하는 동안
싱그러운 아침을 맞이하고
고운 노래 부르는 새처럼
산들바람의 노래처럼
곱고 아름다운 날들이길 바래요

오직 하나뿐인 그대
꽃처럼 피어나는 우리들의 영혼이
서로의 가슴으로 전해지고
여러 해가 지난 후에도 한마음으로
소중한 의미로 남는다면 내 삶은 헛되지 않으리

맑고 향기롭게

태양은 빛나고
맑고 투명한 햇살이
우리를 환하게 밝혀주듯이
맑고 아름다운 세상에 살고 싶다

밤하늘에 빛나는
반짝이는 별들이
언제나 그 자리에서 빛을 발하듯이
밝고 빛나는 세상에 살고 싶다

소중한 사람들과 어우러진 우리의 삶이
흐르는 물처럼 맑고
피어나는 꽃처럼 향기롭듯이
삶의 향기가 가득한 세상에 살고 싶다

보이지 않아도 만져지지 않아도
나뭇잎 가만히 흔들며
지나가는 바람을 느끼듯이
언제나 변함없이 맑고 향기롭게 살고 싶다

한 마리 작은 새

싱그러운 숲속에서
햇살과 산들바람을 맞으며
좋은 일 나쁜 일 참 많았다며
상처 입은 넋두리를 토해내는
한 마리 작은 새

소담스레 햇빛이 비쳐올 때나
달빛 휘영청 번질 때
고요한 숲속 침묵의 길을 거닐며
속울음 길게 지저귀는
연약한 작은 새

살기 위해 살아남기 위해
버거운 삶의 무게 내려놓고
고운 날갯짓으로 자유로움으로
가슴 뛰는 삶을 갈망하는
꿈꾸는 작은 새

희망의 날개를 달고
행복이라는 고운 노래를 부르며
하늘을 자유롭게 유영하는
나는 한 마리 작은 새

달력 한 장

기뻤던 날 속상했던 날
그리웠던 날 행복했던 날
인고의 세월이
달력 속으로 들어가 앉았다

수많은 소중했던 기억의 날들이
아련한 추억이 되고
그리움은 별빛이 되어
내 곁에서 멀어져 간다

행사의 날 모임의 날
계획된 일들을 꼼꼼히 적어
새로운 날을 맞이하는 새 달력에
눈부신 찬란한 날들을 앞세운다

그저 달력 한 장이지만
수많은 세월 꽃피고 지는 날들이
내 인생에 소중한 추억이 되어
내 삶의 아름다운 기록으로 피어난다

삶의 여정

춥고 어두운 공허한 숲속
새 한 마리가 마지막 남은
잎사귀 하나에 걸터앉아

풀밭 언덕 가을바람에
상처 입은 마음을 달래며
보금자리를 떠날 채비를 한다

누구에게나 펼쳐진 하루하루
마지막 삶의 여정까지
빛나는 태양의 날도 있지만

누구에게나 얼마간의 비는 내리고
춥고 어두운 날도 있다며
마음을 달랜다

인생길

우리네 인생길
가다가 힘이 들면
잠시 쉬어가렴

혼자 가는 가시밭 힘한 길
가다가 지칠 때면
지혜롭게 쉬어가렴

덧없이 살다가
떠도는 바람처럼
다시는 돌아갈 수 없는 길

푸른 초원이 손짓할 때
너무나 짧아 아쉬운 발걸음
잠시나마 머물다 가렴

두울.
아름다운 동행 - 가족 & 친구

멈추어진 금빛 시계

운명처럼 결혼하고
숙명처럼 금빛 나는
너를 만났다

수없이 많은 시간 너를 보며
사랑하는 사람을 위해
앞치마를 두른다

나의 빛나던 신혼처럼
황금빛으로 빛이 났던 너도
지난 세월 스치면서 심장을 멈춘다

이사 할 때마다
아름다운 추억을 공유한 너를
차마 버리지 못하고 동행한다

나만의 금빛 시계
지금은 멈추어 버렸지만
내 삶의 가장 의미 있는 소장품
너와 빛나는 내일을 꿈꾼다

아버지의 검은 눈물

아버지 당신은
어둡고 긴 땅굴 속에서
석탄을 캐는 파독 광부셨습니다

사랑하는 가족과 멀리 떨어져
석탄만 오롯이 캔 것이 아니라
가족들의 꿈과 희망도 함께 캐냈습니다

검은 먼지가 뒤덮인 얼굴
찬밥 한 덩이로 허기진 배를 달래며
검은 눈물을 흘리던 고난의 시간

자기 몸을 불태워 빛을 발하는 촛불처럼
당신의 폐는 날아온 석탄가루에 공격당하면서도
가족에게는 희망을 밝혀주셨습니다

시간이 지날수록
당신 몸속에서 내뱉는 숨소리는
때 되면 서서히 꺼져가듯
희미해져 가지만
아버지 당신을 사랑합니다.

가양동 연가

그곳엘 가면
그녀는 없고
그녀를 닮은 그 아이만 뎅그러니 있다

마음의 언덕이던
그곳이
지금은 아련한 그리움으로 남아있다

가양동 그곳에서
그 아이는
나를 보며 그녀를 생각하고

나는
그 아이를 보며
가슴속 그녀를 그리워한다

나의 어머니

나에게 이 세상 빛을 보게 해주시고
밝고 맑은 고운 심성으로 자라게 해 주신
나의 어머니
당신을 사랑합니다

목소리에서 내쉬는 숨소리에서
한눈에 보아도 아픈 몸이라는 신호가 전해오지만
내 가슴이 무너져 내릴까 봐
당신의 삶을 조금이라도 더 지탱시키려고
애쓰시는 가련한 모습을 봅니다

어느덧 중년으로 접어드는 긴 세월 동안
단 한 번도 싫은 내색을 보이시거나
불편을 말하지 않으시며
항상 격려해 주시던
당신을 존경하고 사랑합니다

수많은 사람 중에 어머니가
내 어머니라는 사실이
그 어머니가 내 곁을 그림자처럼 지켜주시며
든든한 버팀목이 되어주신 숭고한 마음에
절로 고개가 숙여집니다

내 고향 문경을 사랑합니다

우뚝 솟은 주흘산의 정기를 받은
맑고 푸른 하늘과 시냇가의 윤슬
깊은 계곡 산새들의 속삭임과
자연의 아름다운 선율이 울려 퍼지는
아름다운 내 고향 문경을 사랑합니다

나의 어머니가 태어나시고
내가 태어나고
나의 아들들이 태어난 그곳
어린 시절 함께 뛰놀던 벗들과의 추억이 가득한
우리들의 고향 문경을 사랑합니다

아버지처럼 그리움의 별들을 헤아리고
어머니처럼 가장 따뜻한 이름으로
내 고향 문경새재는
세상 그 어느 곳에서 무엇을 하던
내 마음속 가장 아름다운 곳입니다

고향의 따사로운 햇살을 받아
아름다운 내일을 꿈꾸고
별솔 바람의 노래를 부르며
사랑의 길 안으로 걸어가라 가르쳐주는
내 고향 문경을 진정 사랑합니다

윤슬 : 햇빛이나 달빛에 비치어 반짝이는 잔물결
별솔 : 별처럼 빛나게 소나무처럼 푸르게

그대를 위한 기도

싱그러운 아침이면
해가 떠오르듯
이른 아침 눈을 뜨면
그대를 생각합니다

그대를 향한 마음으로
솟아오르는 해를 보며
오늘도 그대를 위한
소망의 기도를 합니다

눈 부신 햇살이 세상을 밝히듯
그대의 아름다운 향기가
세상 사람들에게 행복을 주는
희망의 빛이 되게 하소서

정겨운 풍경들이 우리의
마음을 행복하게 해주듯
그대의 밝고 환한 미소가
세상의 기쁨이 되게 하소서

최선을 다한 하루가
우리의 삶을 빛나게 해주듯
그대의 순간들이 모여
아름다운 인생이 되게 하소서

부모님 은혜 감사드립니다

그윽하게 날리는 오월의 향내
부모님의 크신 사랑을
한없이 느끼는 오늘입니다

자애롭고 따사로운 미소로
부모와 자식의 정으로
아름다운 추억으로 함께한 시간을 사랑합니다

고결하고 숭고한
하늘에 닿을 큰 사랑을 가르쳐준
부모님 은혜 고맙습니다

어머니가 내 어머니로
아버지가 내 아버지로
나의 부모님으로 계셔 주셔서 감사합니다

천년의 향기 사랑의 향기
부모님의 향기를 잊지 않고
영원히 기억하렵니다

보석처럼 빛나는 친구

생각만 해도 편안하고
마음이 든든한 산과 같은 친구
한결같은 마음으로 지지해 주는
땅과 같은 친구가 내 곁에 있습니다

세상에 둘도 없이 소중하고
서로의 마음을 털어놓아도 좋을 친구
우정과 사랑으로 늘 함께 해주는
하늘과 같은 친구가 내 곁에 있습니다

세월이 지나가는 순간순간
내 인생의 모든 계절을 곁에 있어 준 친구
시린 마음을 가슴으로 안아주는
별과 같은 친구가 내 곁에 있습니다

삶에 향기를 더해주는 변함없는
아름다운 꽃 우정의 꽃 내 친구에게
이 세상 끝나는 날까지 푸르름으로 울림 되는
보석처럼 빛나는 영원한 우정을 약속합니다

동창회

주흘산의 정기를 가득 품은 모교에
학창시절의 추억이 가득 찬 운동장은
그날의 함성이 들린다

그리움이 묻어있는 아름다운 교정에서
선후배 동문이 함께 모여
따뜻한 정을 나누고
우정의 추억을 만들어간다

서로 다른 길을 걸어온 우리는
중년이 되어서도
변한 게 없는 친구들
가볍게 내미는 손길에 환한 얼굴이 된다

가파른 세월에
주름진 얼굴 희끗희끗한 머리칼이 낯설어도
나지막이 부르는 이름에
어린 시절 다정한 친구가 된다

너에게

매일 아침 밝은 태양이
나를 행복하게 하고
저녁에는 부드러운 산들바람이
시원한 웃음을 선사한다

하늘을 넘어 낙원이 있다고 믿었는데
천국이 지구상에 있다는 것을 알았다
천국이 다른 곳에 있다면
너와 같은 천사가 이곳에 없기 때문이다

행운의 별에서 태어나
사랑받아야 할 너를
영원히 지켜줄 것을 약속하며
그 시간이 끝날 때 무지개를 따라가련다

사색의 길

눈 시도록 맑은 하늘이
촉촉한 그리움 되어
창가로 내려앉는
영롱한 아침

향기 따라 발길 따라
가을 햇살 머금은
꽃들이 미소짓는
사색의 길을 걷는다

숲에서 하늘로 이어지는
야생화의 향기가
늘 그립게 만드는 그대처럼
내 가슴에 내려앉는다

내 삶의 인품의 향기도
햇살처럼 쏟아져
고운 마음 밭에
예쁜 꽃길을 만든다

우리들의 환한 미소

7월의 반가운 비가 내리는 저녁
개구리가 쉼 없이 울어대는 고향 마을 들녘에
곱게 단장한 예솔이네에서 만난
우리들의 얼굴에는 환한 미소가 번집니다

어린 시절부터 지금까지
40년이 넘는 긴 세월 동안
한결같은 마음을 서로 나누는
특별한 인연인 우리들의 미소입니다

주흘산 자락 정기를 함께 마시며
올곧게 자라나 꿋꿋하게 살아가는
우리들의 소중한 인연은
하늘이 주신 축복입니다

서로를 위하고 아껴주는
보이지 않는 끈끈한 우리들의
행복한 미소가 밝고 환한 웃음으로
세상을 아름답게 빛냅니다

어머니로 사는 행복

이슬처럼 순수하고 아름다운 꽃
하얀 분첩과 붉은 연지 곤지 내려놓고
지어미가 되고 어머니가 되어
울 엄마 닮고 나 닮은 딸을 얻었습니다

엄마와 내가 함께 한 아쉬운 세월만큼
나와 딸도 그 세월의 끝자락을 함께 하고
앵두 같은 입술로 예쁜 미소 지으며
복사꽃 같은 사랑을 나눕니다

엄마의 삶이 사계절의 인고와 같듯
내 삶도 그렇고 딸의 삶도 그럴 것이고
오직 자식만을 사랑과 정성으로
가르치며 희생하는 연어의 삶입니다.

굽이굽이 세상을 그림처럼 휘돌고
거친 물살을 헤치고 흘러가는 강물처럼
가진 것을 모두 주며 어머니로 사는 행복
반짝이는 윤슬보다도 아름답습니다.

그대의 향기

싱그러운 신록이 미소 짓고
푸름이 윤슬처럼 반짝 빛날 때
세상은 온통 그대의 향기로 가득합니다

초록의 숲을 휩싸고 도는 향기
눈 감고 가만히 들숨과 날숨으로 음미하면
옛 시절 꿈길을 손잡고 거니는 듯합니다

그리움은 새록새록 하고
내 가슴속 뜨락에 사뿐히 내려앉아
초여름의 싱그러운 상념에 젖어 듭니다

꽃처럼 진 젊은 날의 사랑은
떠나는 꽃들의 속살거림 속에
그대의 향기가 되어 코끝을 맴돕니다

고향의 아침

청명한 하늘 아래
생각만 해도 가슴이 따뜻해지는
내 고향 마을에도
가을이 와있습니다

알록달록 곱게 물든 산과
눈길 가는 곳 발길 머무는 곳마다
계곡의 맑은 물소리 산새들의 숨소리가
다정하게 들려옵니다

산들바람에 활짝 핀 꽃들이
편안한 눈빛 밝은 미소로 반겨주는
정겨운 풍경에 따스함으로 포근해지는
고향의 아침입니다

햇살에 소담스레 빛나는
그리웠던 고향 마을이
시나브로 물들이는 황금빛 가을에
내 마음도 아름답게 익어갑니다

늘 푸른 소나무

어둠이 내린 들녘에 서 있는
아버지의 굽은 어깨에
고단한 삶의 하루가 앉았다

아버지라는 이름으로 짊어진
세월의 무거운 짐은
애달픈 고뇌와 삶의 애환을 말해준다

묵묵히 집안의 울타리로
오랜 세월 가족을 지키며 사신
아버지의 헌신적인 사랑 앞에 마음이 숙연해진다

언제나 늘 푸른 소나무처럼
가족을 향한 사랑의 마음 오래오래 기억하며
아버지 곁에 영원히 머무르고 싶다

아름다운 동행

꽃향기 날리던 봄날
설렘 가득한 우리들의 만남은
작은 떨림이었다

열망의 불꽃을 가득 담아 온 힘으로
세상을 감동하게 할
작품을 만들고자 저마다 애를 쓴다

소중한 인연으로 함께 한
향기로운 문학의 배움터
학우들의 눈빛은 뜨거운 열정으로 빛났다.

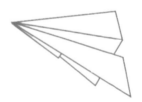

아름다운 친구에게

하늘은 눈이 시리도록
유난히 파랗기만 한데
정겹던 친구는 하얀 꽃구름 되어
간다는 말도 없이 먼 길을 떠났구나

아직 못다 한 일도 많았을 텐데
시간이 조금은 더 필요했을 텐데
아들 곁에 오래 있어 주고 싶었을 텐데
그 많은 미련 뒤로 한 체 혼자서 먼저 가버렸구나

한세상 살아내느라 애썼다
이젠 가슴속 응어리들 훌훌 털어버리고
외롭고 쓸쓸한 침묵의 강을 지나
자유로운 영혼이 되어 새처럼 훨훨 날아다녀라

어두운 밤하늘 수놓는 별빛에서
물결치는 은빛 바다에서
잠시 쉬어가는 바람의 언덕에서
온새미로 아름답게 살다간
너를 기억하고 너를 그리워할 것이다

사랑합니다

하나님이 나에게 주신
최고의 선물
당신을 사랑합니다

내 사는 모든 나날 동안
나를 사랑해준
당신을 사랑합니다

아름답고 찬란했던
삶의 모든 날이 지난 어느 날
마지막 숨을 몰아쉬는 그 순간까지도

내 전부였던 사람
당신을
진정 사랑합니다

행복은

행복은
평화로운 마음이
내 안에 있을 때입니다

행복은
사랑하는 사람이
내 곁에서 늘 함께할 때입니다

행복은
나 자신이 하고 싶어서 하는 일에
최선을 다할 때입니다

행복은
아~
이 세상을 살아가고 있다는 것
그것만으로도 가장 큰 행복입니다.

기도

내게 주어진 오늘 하루
후회 없는 삶을 살아가려 애쓰는
당신을 위해 기도합니다

힘든 일이 생겨 쓰러질지라도
다시 일어나 활짝 웃어주는
당신을 위해 기도합니다

그리운 이름 하나 가슴에 품고
행복한 마음으로 오늘을 살아가는
당신을 위해 기도합니다

자신에게 주어진 삶에 감사하며
기쁨과 즐거움으로 하루를 시작하는
당신을 위해 오늘도 기도합니다

나의 진실한 기도가
당신의 삶 속에서 작지만 큰 사랑으로
가슴 한가득 충만하길 기도합니다

꽃과 별이 잠든 바다

다시 봄이 왔는데
너무도 보고 싶고
그리운 얼굴들

세상 모든 사람이 잊어도
엄마니까 포기 못 하겠다며
딸을 만져보고 싶다는 은화 어머니
4대 독자 가난해도 부모 노릇 못해도
불평 없이 살아온 그 아이만 찾을 수 있다면
양지바른 곳에 묻어주고
평생 봉사하며 살 거라는 현철이 어머니
내 딸 냄새라도 맡고 싶다는 다윤이 어머니

2014년 4월 16일
그날의 아픈 기억에
전날로 돌아가고 싶다던 절규
이름만 불러도 가슴 아픈 아이들아
사랑한다 보고 싶다

다시 피어나라
무지갯빛 세상에서
꽃이 되고 별이 되어
4월은 다시 돌아오고
파도는 잔잔하다.

들꽃

빈터에 홀로 핀 들꽃
나를 닮았구나
세상에 섞이지 않고 묵묵히 피어나는 것을 보니

어디에서 피어나
어느 곳에 뿌리내린들 어떠하랴
내 사는 빈터에

기쁨을 일구어 기쁨의 꽃이 되고
행복을 피워 행복의 꽃이 되는
긍정의 햇빛으로 지혜의 꽃이 되었으니

행복과 사랑의 꽃으로 활짝 웃어주는
들녘에 홀로 핀 이름 모를 들꽃
나를 닮았구나

셋.

가을 봄 겨울 여름

코스모스 꽃길

높고 푸른 청명한 가을 하늘에
알록달록 색깔 고운 코스모스가
가을바람에 한들한들 춤을 추는
꽃길을 걷는다

살랑살랑 불어오는 바람결 따라
흐드러지게 핀 꽃들은
기다렸다는 듯 환한 미소를 지으며
감미로운 향연을 시작한다

오가는 사람마다
삶의 고뇌 잠시 내려놓고
저마다의 마음속에 가을빛을 담아
하늘하늘 아름다운 마음꽃 피운다

아름다운 온누리
달보드레 꽃향기에 취해
삶의 이야기로 웃음꽃 피우며
온새미로 인생의 노래를 부른다

온누리 : 사람들이 생활하고 있는 세상
달보드레 : 달달하고 부드럽다
온새미로 : 자연 그대로 늘 변함없이

가을이다 아프지 마라

짙어가는 햇살에 바람은 잔잔하게 불고
가을은 익어가는데
가슴속 묻어둔 깊은 그리움에
아파하는 그대여

희미한 달빛 아래 그리움이 물들면
별빛을 헤아리다 서성이던 밤
고독과 쓸쓸함과 외로움에
아파하는 그대여

부디 아프지 마라
누구나 한때는 젊고 푸르름으로 빛나고
하늘과 땅의 속삭임을 들으며
비에 젖어도 보았나니

조각난 슬픔을 거두어
맑고 고운 그리움을
감사함과 행복함으로
아름답게 추억하자

가을 연가

빛나는 하늘 시원한 산들바람
들꽃 향기 눈부신 가을날
마음을 담아 보낸 단풍잎 엽서로
그대 얼굴에 웃음이
가득했으면 좋겠습니다

노을처럼 짙은 가슴에
그리워지는 누군가가 있고
그리워 해주는 누군가가 있는 삶의 뜨락
아름다운 가을날에는
문득 그대를 만나고 싶습니다

환하게 펼쳐진 가을 하늘처럼
그대 고운 눈빛과 해맑은 미소
감미로운 연가 달빛 멜로디
이 멋스러운 당신과 나의 가을이
진정 행복했으면 좋겠습니다

가을에

높고 푸른 하늘이 가을로 가득 찼습니다
태양은 빛나고 내 마음에도 고운 빛으로
중년의 가을이 옵니다

바람은 살랑살랑
가슴 뜨락을 헤집고
인생 무상함이 스치웁니다

세월의 흐름 속에 계절은 또 바뀌고
아름다운 설레임으로
중년의 가을은 나에게로 걸어옵니다

봄이 오는 소리

겨울이 지나간 자리에
파란 새싹들의 숨결
바람 한 점 햇빛 한 가닥이
봄을 데리고 다시 오려나 봐요

산이며 들이며
점점 가까이 들려오는
봄이 오는 소리에
마음이 먼저 봄 마중을 합니다

향긋한 바람 타고
내게로 오는 봄소식을 들으며
감사하는 마음 사랑하는 마음으로
웃음꽃을 활짝 피우렵니다

희망의 빛 삶의 향기
봄이 오는 소리에
내 마음에도 영원히 빛이 나는
마음 꽃 한 송이 고이 피우렵니다

봄비 오는 날에는

봄 향기 머금은 햇살에
따스함이 묻어나는
봄비 오는 날에는
그대가 마음속으로 들어옵니다

봄 내음 곱게 물든 꽃망울에
은은한 꽃향이 번지는
봄비 오는 날에는
내 가슴이 행복으로 가득합니다

푸른 꿈 밝고 힘찬 노래가
초록의 대지에 울려 퍼지는
봄비 오는 날에는
그대와 함께였으면 좋겠습니다

우리들의 마음 밭에 사랑을 심어
행복 꽃이 피어나게 하는
세상을 축복해주는 날이 되었으면 좋겠습니다
봄비 오는 날에는

봄 산 진달래

산기슭마다 수줍게 피어난 진달래
소박한 삶을 살다간
한 많은 어느 여인의 넋이었을까

연분홍 꽃이 되어 머무는 산자락
가슴에 담았던 아픔의 사연
차마 떨쳐내지 못하고
마음에 받은 상처 때문일까

봄바람에 실려 오는 임의 소식
봄 동산 가지마다 매달린
연분홍 꽃들의 향연이
갈길 바쁜 나그네의 발길을 멈추게 한다.

봄날 우정을 심다

따사로운 햇볕 산들바람
봄이 오는 소리 들리는
화창한 날

자신의 자리에서
힘겨운 삶 이겨내고
한자리에 모인 우리들의 봄날

식탁 가득
싱그러운 봄을 차려
정다운 이야기꽃 피우던 봄날

버들강아지 시냇가
산수유 고개 내민 봄 언덕에
우리의 우정을 심는다.

오늘처럼 봄비 오는 날에는

봄빛 머금은 하늘에서
오늘처럼 봄비 오는 날에는

흩어져있던 그리움이
방울방울 쌓여갑니다

봄 향기 머금은 들녘에서
오늘처럼 꽃비 되어 오는 날에는

멀어져 있던 외로움이
송알송알 펼쳐집니다

봄 내음 머금은 산자락에서
오늘처럼 봄비 오는 날에는

마음 한 가닥 그대 향한 그리움이
구름처럼 몰려옵니다

꽃잎들의 공연

향긋하게 불어오는 봄바람이
싱그러움을 더해가는
꽃향기 가득한 봄 뜨락을 거닐고 있다

가슴을 파고드는 햇살에
하얀 꽃잎 바람결에 춤을 추며
벚꽃 나비 되어 날아다닌다

꽃잎들의 공연 봄의 소리에
내 가슴에도 꽃이 피어나
환한 웃음꽃을 짓는다

3월 예찬

봄 마중 나온 꽃들의 모습처럼
새 희망으로 출발하는 그대에게
꿈과 날개를 달수 있기를 응원하며
희망과 용기의 3월이 되기를 예찬합니다

촉촉한 봄이 오면 꽃은 피듯이
햇빛처럼 밝고 연꽃같이 맑은
작은 감동으로 즐겁고 행복한
3월이 되기를 예찬합니다

꽃샘추위 속에서도 봄은 피어나듯이
묵묵히 자신의 자리를 지키는
흔들림 없는 그대에게 기쁨과 축복의
3월이 되기를 예찬합니다

싱그러운 봄 햇살 잔잔한 바람
소녀의 감성 같은 3월에
가슴을 토닥이며 나는 지금 이대로의
나를 사랑한다고 말해줍니다

아름다운 봄을 찬양하는
그림 같은 풍경 3월에는
세상의 빛이 될 그대가
나보다 더 행복했으면 좋겠습니다

오월의 기도

싱그러운 초록으로 빛나는
오월에는 밝은 햇살처럼
눈부신 날들이 되게 하소서

온 세상 푸르름으로 동화 같은
오월에는 향기 가득한 시향으로
행복한 날들이 되게 하소서

꽃길 들길 눈 가는 곳마다
아름다움으로 가득한 오월에는
사랑과 감사의 날로 차고 넘치게 하소서

오월의 노래

하늘 향해 피어나는
초록의 싱그러움이 가득한 오월에는
삶의 찬란한 날들이 되게 하소서

아이들의 웃음소리
푸르름으로 가득 채운 오월에는
감사의 날들이 되게 하소서

미소 짓는 맑고 고운 모습
사랑의 향기 가득한 오월에는
향기롭게 피어나게 하소서

화려한 꽃들의 축제
아름다움으로 가슴이 벅찬 오월에는
행복의 노래를 부르게 하소서

유월에는

아직 가보지 않은 유월
내 마음이 먼저 달려갑니다

유월에는
더 많이 사랑해야지

유월에는
더 많이 웃어야지

유월에는
더 많이 행복해야지

삶의 무대에서
주인공처럼

온 세상이
내 것처럼

7월의 풍경

하늘빛 푸르른 길섶 사이로
바람이 전하는 노래가
가슴으로 느껴집니다

싱그러운 신록에 맞장구치듯
청포도는 송골송골
탐스럽게 익어가고

그리움의 숲 담장에
몸을 기댄 능소화는 가지를 늘어뜨리며
꽃 벽화를 그려 나갑니다

그 어느 때보다 푸르고
아름답게 물들어가는 7월의 풍경이
환한 웃음꽃 되어 나에게로 옵니다

한여름 날의 오후

뙤약볕이 내리쬐는 무더운 여름날
계절에 충실한 8월의 오후

여름날의 주인공 매미조차
가만있어도 땀이 난다며
소릴 지르고

여름날의 엑스트라 잠자리는
뜨거운 온도에 더는 어지러워
날지 못하겠다며 하소연하는데

여름날의 대표 꽃 해바라기는
이 까짓것 하며 아랑곳하지 않고
의연한 자세로 해를 바라보네

아직은 뜨거운 여름
시원한 바람과 나무 그늘이 그리워
내 안의 그대를 그리는 한여름날의 오후

제목 : 한여름 날의 오후
시낭송 : 박태임
스마트폰으로 QR 코드를 스캔하면
시낭송을 감상할 수 있습니다.

여름비

태양이 이글거리는 뜨거운 한낮
포도와 석류가 영글어 갈 때
여름비는 초록 물이 되어 대지에 내린다

진한 태양의 색을 담은
해바라기와 노랑 코스모스는
흩날리는 빗방울에 고개를 하늘거린다

그리움에 젖은 내 마음은
싱그러운 바람에 잠시 숨을 멈추고
마음속 영원한 여름에 시원함을 건넨다
여름비 내리는 날에

詩가 있는 풍경

한 아름 햇살이 나를 깨우고
새와 나무가 인사하는 시향의 뜨락
詩가 있는 풍경이
세상을 아름답게 합니다

잔잔한 바람이 나를 설레게 하고
꽃과 나비가 행복을 노래하는
詩가 있는 풍경이
세상을 빛나게 합니다

당신과 나의 삶이
고운 향기를 느낄 수 있는
詩가 있는 풍경처럼
늘 아름답고 행복했으면 좋겠습니다

석화촌

꽃과 돌이 어우러진
낙원 같은 꽃동산으로
산책을 나선다

야트막한 산비탈을
융단처럼 휘감은 연산홍 빛의 화려한 향연
짙은 꽃향기에 마음이 먼저 취한다

산자락 한 폭에 아름드리 꽃나무
단아하면서 엄숙한 돌조각
연분홍 오솔길 연못가 쉼터 석화촌에
마음 한 자락 내려놓는다

오늘같이 비가 내리는 날에는

고요한 세상의 아침
오늘같이 비가 내리는 풍경에는
찻잔을 들고 창가에 기대어
비의 향기에 젖는다

내리는 빗속에서 내 안의 그대가
그리움이 되어 찻잔에 담기면
내 가슴속 고이 숨겨둔
그대를 만난다

오늘같이 그대가 보고 싶은 날에는
그대를 향한 여린 마음 활짝 열고
사랑했던 나의 그대와 다정하게
빗속을 하염없이 거닐고 싶다.

바다와 시가 있는 풍경

가슴을 열고 끌어안은
만리포의 하늘은 빛났고
천리포의 바다는 맑았다

산들바람 같은 부드러운 마음으로
은빛 모래밭을 유명하며 걸어가는
우리들의 모습은 아름다웠다

인생의 들판에서 끝없는 도전으로
거친 바다를 항해하는 동안
잘 견뎌준 빛나는 시간

생의 아름다운 기억으로
티끌 없는 해맑은 웃음이
파란 바다에서 윤슬처럼 반짝였다.

여름꽃의 하루

뜨거운 태양
강렬한 햇살에도 흐트러짐 없이
녹색 짙은 아름다운 들녘은
눈부신 여름으로 무르익는다

태양의 눈빛에 맞서듯
한낮의 뜨거운 열기로 어린싹을 키우는 강인함
오랜 기다림으로 긴 그리움으로
열정 어린 마음으로 꽃을 피워낸다

새소리 물소리 향기로운 속삭임으로
불어오는 바람에 꽃잎의 작은 흔들림으로
여름꽃의 하루는
따가운 햇볕에도 환하게 웃는다

어두운 밤이 지나야 찬란한 아침이 오듯
고뇌에 찬 무더위마저도 나만의 시간이라며
향긋한 여름 향기 머금은
하늘은 다시 푸르게 한여름을 수놓는다.

넷.

여행 또 다른 삶

삶과 여행

아름답고 넓은 세상을
값진 진주 대하듯 알찬 가슴으로
미지의 세계로 향하는
가슴 벅찬 설렘을 체험하고
느껴보는 황홀한 시간

세상 시름 잠시 내려놓고
좋은 경치와 아름다운 꽃들로
눈을 즐겁게 하고
계곡의 물소리 이름 모를 새소리에
몸과 마음이 즐거운 시간

삶의 의미를 찾으며
새로운 나를 발견하는
더 넓은 세상을 보며
사색과 낭만을 가지는
혼자만의 소중한 시간

삶은 기쁨과 슬픔 환상과 기대
수많은 만남들로 가득 차 있는 것
삶 속에서의 여행은
내가 나에게 주는
최고의 선물이자 삶의 쉼터

하노이 하롱베이

하노이 공항에 도착하니
어두운 밤하늘에선
지속적인 번개와 동반한
비가 촉촉이 내린다

내리는 비와 섬들로 둘러싸인
하롱베이와 동행하는 길
가도 가도 끝이 없는 광활한 바다에
경이로운 자연경관이 펼쳐진다

하늘이 주신 천혜의 자연
첩첩이 둘러싸인 형제섬들의
하늘과 바다가 맞닿은
아름다운 풍경

처음으로 보는 경치
처음으로 만나는 사람들
처음으로 먹어보는 음식
처음으로 해보는 첫 경험

가져갈 게 많은 여행길에서
이렇게 저렇게 흐르고 떠돌며
가슴 뜨겁게
살아있음을 느낀다

마카오 세나도 광장

유럽 한복판에 와 있는듯한
오묘한 착각에 빠지게 하는
유네스코 세계문화유산의
세나도 광장에 장엄하게 서 있다

파스텔톤의 은은하게 빛나는 교회
남유럽풍의 건물
광장 바닥의 이국적인 모습이
환상의 조화를 이룬다

맑게 갠 파아란 하늘과
색색의 건물이 가득한 광장
하늘과 사람과 세나도가
물결처럼 하나를 이룬다

세상 시름 내려두고
모녀가 손잡고 떠난 여행길
고난도 기쁨이 되었던 긴 여행의 노래가
삶의 시간이 되어 흘러간다

삶의 아름다운 풍경

아침 햇살이 초록 바람을 타고
은은하고 소박한 들꽃 향을 전해주는
나의 하루가 향기롭다

가진 게 없어도
따스하고 포근한 햇살 같은 마음이
작은 여유와 소소한 행복으로 가슴에 안긴다

삶의 순간순간 감사한 마음은
행복의 밑거름이 되어
선물처럼 사랑과 평화가 찾아온다

기쁨도 고통도 즐겼던 인고의 삶은
세월이 흐를수록 더욱더 빛이 나고
진솔했던 삶의 풍경들은 정겹기만 하다

살다가 살아가다가
때가 되어 가을빛으로 물들지라도
내 생에 아름다운 날들이다

제목 : 삶의 아름다운 풍경
시낭송 : 김지원

스마트폰으로 QR 코드를 스캔하면
시낭송을 감상할 수 있습니다.

태안 가는 길

차창 너머로 보이는
초록 물결 논두렁 밭두렁
밤꽃 향 날리는 얕은 산자락이
여행 떠나는 내 가슴을 설레게 한다

넓게 펼쳐진 바닷물결
신두리 해수욕장 하늘과 바다 사이에서
동고동락하던 문우님들이 먼저와 기다리고 있다며
나에게 전해 온다

웃음 한 보따리 행복 한 아름 안고
예쁘고 아름답게 수놓아질 태안에서
잊지 못할 추억 만들기로
우리들의 행복 무대를 곱게 장식해본다

작은 렌즈에 세상을 담다

봄바람이 살랑이는 계절
향기로운 꽃들이 알록달록 피는 날
자연이 그려주는 봄을 만나러 나선다

시간과 공간 속
카메라 렌즈에 비치는
아름다운 풍경이 초점에 들어온 순간
셔터는 쉴 새 없이 찰칵찰칵 소리를 낸다

정지된 찰나의 순간들
기억하고 싶은 아름다운 계절
삶을 사랑하는 환희의 순간
작은 렌즈에 진솔한 풍경을 담는다

소중한 추억이 될 순간들
가고 오는 세월 속에
또 다른 찰나의 시간
작은 렌즈에 황홀한 세상을 담는다

숲이 나에게

나 언제나 이곳에 있으리니
그대 살다가 지치거든
이곳으로 오시게

봄 햇살 고운 날에 나
아름다운 가을날에도
무작정 앞만 보고 달린 그대
나 언제나 이곳에서 기다리니
그대 살다가 울적하고 외로울 때
친정 왔다 가듯 다녀가시게

뜨거운 뙤약볕에나 추운 한겨울에도
땀 흘리며 평생을 열정 어린
삶으로 살아온 그대
나 언제나
그대가 이 세상에 존재하는 한
아니 그 이후에도

초록으로 찬란한 숲에서
그늘이 되고 울타리 되어
마음 따사로운 그대의 친구가 되어주리

다섯.
그리움 그리고 사랑

당신은 내 삶의 빛입니다

나를 미소 짓게 하는
나에게 일어난 가장 멋진 일
세상을 의미하는 당신은
내 삶의 빛입니다

내가 숨 쉬는 모든 호흡에서
당신과 함께 보내는
매 순간순간이 마법처럼
내 마음을 가득 차게 합니다

당신을 향한 나의 사랑은
영감을 주는 원천으로
활기차고 아름다운
끝이 없는 대양과 같습니다

나는 당신을 위한
사랑의 노래를 부르고
인생이 끝날 때까지 내 삶의 빛
당신의 사랑에 빠져듭니다

추억 나무

그대와 함께했던
지난날의 상큼한
기억들이 가슴을 스치며
사랑의 꽃으로 피어나네

정겨운 이야기 속에 고운 모습을 담아
환하게 웃던 모습
소중하게 간직하게 될 마음속에서
행복의 꽃으로 피어나네

눈부시게 푸르른 날이나
주룩주룩 비 내리는 날
추억들이 송골송골 영그는
그리움의 꽃으로 피어나네

살다가 문득
그대가 보고 싶을 때면
기억 저편 설렘 동산
추억 나무 올려다보네

꿈하늘

꽃그늘에 앉아
문득 바라본 꿈하늘
그림내 나를 쳐다보며 환하게 웃고 있다

꿈 오라기인듯하여 두 눈 비비고 다시 보니
꽃구름 사이로 비친
햇발이 내 님 얼굴처럼 보였다

생파같이 단꿈을 꾼 나를
꿈하늘은 피그시 바라보며
정답게 웃어준다

순우리말 풀이
꽃그늘 : 꽃나무의 그늘
꿈하늘 : 꿈과 같이 멀고 아득하며 아름다운 하늘
그림내 : 내가 그리워하는 사람 혹은 사랑하는 사람
꿈 오라기 : 꿈의 한자락
꽃구름 : 여러 가지 빛을 띤 아름다운 구름
햇발 : 사방으로 뻗친 햇살
생파같이 : 뜻하지 아니하게 갑자기
단꿈 : 달콤한 꿈
피그시 : 슬그머니 웃음을 드러내는 모양

그런 날이 있습니다

눈 시리도록 맑은 하늘을 보며
문득 누군가에게
안부를 묻고 싶은 날
살다 보면 그런 날이 있습니다

아침 햇살에 살며시
물안개 피어나듯이
이유 없이 기분 좋은 날
살다 보면 그런 날이 있습니다

힘겨운 삶의 무게에 지쳐 있을 때
고요한 웃음 너머로
까닭 없이 외로운 날
살다 보면 그런 날이 있습니다

기쁨이 있으면 슬픔이 있고
좋은 날이 있으면 싫은 날도 있는
눈으로 가슴으로 울림이 느껴지는 날
살다 보면 그런 날이 있습니다

오늘은 오늘만큼은
당신과 나의 삶이
싱그러운 웃음으로 가득한
왠지 좋은 일이 일어날 것만 같은
그런 날이었으면 좋겠습니다

그대 들리시나요

하늘빛 맑은 햇살이
찬란하게 숨 쉬며
사색의 가을빛으로
물들어 가는 소리가
그대 들리시나요

갈색 바람 가을 향기에
고운 사랑의 미소로
하늘하늘 수줍게 피어올라
내 작은 가슴에 고이 앉는 소리가
그대 들리시나요

세월의 깊이를 가슴으로 느끼며
석양으로 물들어 갈 때
맑은 숨결 그리움의 꽃으로
다정스레 속삭이는 소리가
그대 들리시나요

향기로운 가을빛 향연을
넉넉한 눈빛 한 조각 웃음으로 포장하여
맑고 고운 그리움을 간직한 그대에게
아름다운 가을을 선물하는 소리가
그대 진정 들리시나요?

나였으면 좋겠습니다

살다가 문득
힘겨운 날이 그대에게 온다면
생각만으로도 위로가 되는 사람
그 사람이 나였으면 좋겠습니다

말없이 눈빛만 바라보아도
행복의 미소를 가슴으로 느끼며
삶을 아름답게 해주는 햇살 같은 사람
그 사람이 나였으면 좋겠습니다

오랜 세월 함께 살아 숨 쉬며
삶의 순간순간 그리움 피워내는
작은 가슴에 고운 향기 같은 사람
그 사람이 나였으면 좋겠습니다

한결같은 마음으로
가슴에 반짝이는 별 하나
눈이 부시도록 사랑하는 단 한 사람
그 사람이 나였으면 좋겠습니다

 제목 : 나였으면 좋겠습니다
시낭송 : 박영애

스마트폰으로 QR 코드를 스캔하면
시낭송을 감상할 수 있습니다.

내 마음의 호수에

아침 햇살이 나를 깨우고
은은한 풀빛 향 코끝으로 스밀 때
내 마음의 호수에 인품의 향기 날리는
나무 한 그루 심겠습니다

넓고 깊은 파란 호수에
가슴 벅찬 심연의 끝에서
하얀 미소 따뜻한 숨결로 피어나는
향기로운 꽃 한 송이도 심겠습니다

일생을 살아가는 동안
하늘도 숲도 보이지 않을 때
기도하는 평온한 마음을 지니게 해줄
보석 같은 순간들을 가슴에 심겠습니다

부드러운 일상의 바구니에
달빛 별빛 고이 주워 담아
삶의 향기 피워낼 희망의 빛으로
내 마음의 호수를 가득 채우겠습니다

상념

그대
누군가 보고 싶은 마음에
불면의 밤을 수없이 지새우며
한 사람을 오롯이 사랑해 본 적이 있는가

그대
가슴에 묻어둔 사랑을
살며시 꺼내어 그리움에 날개를 달아
마음 놓고 달려가 본 적이 있는가

산다는 것이 힘겨운 날이면
부드러운 미소가 더 생각나는
가슴에 간직하고 싶은
예쁜 사랑을 꿈꾸어 본 적 있는가

달빛이 곱고 바람이 향기를 전하는
이렇게 멋지고 아름다운 가을이 오면
내 가슴에 숨어있는 그대라는 별과
함께 하고 싶은 사랑의 계절

오늘도
세상은 꽃향기로 가득하고
늘 한결같이 마음이 따뜻했던 그대 생각으로
나의 하루는 저물고 꽃처럼 지고 있다

마음 꽃

내 마음에
작은 꽃밭을 만들어
사랑이라는 꽃을 심었네
날마다 향기가 나는
사랑 꽃

내 마음에
사랑 꽃밭을 만들어
행복이라는 꽃을 심었네
언제나 지지 않는
행복 꽃

내 마음에
행복 꽃밭을 만들어
아름다운 마음을 심었네
영원히 빛이 나는
마음 꽃

살다 보면

살다 보면
비탈진 언덕길이나
안개 낀 산길로 접어들어
홀로 걸어가야 할 때가 있습니다

살다 보면
슬픔이 당신의 삶으로 밀려와
마음을 흔들어 고통으로
하루가 길게 느껴지는 날도 있습니다

세상살이는 돌고 도는 것
이 밤이 지나 아침이 밝으면
햇살이 비치고 강물이 흐르듯이
새로운 하루가 찾아옵니다

비가 내리고 바람이 불어야만
비옥한 땅이 되듯이
하루하루 인내와 끈기로 보낸
당신으로 인해

세상이 더 평화롭고 아름답게 보입니다

세상

그대와의 뜨거운 사랑
나는 당신이 되고 당신은 내가 되어
둘이 하나 되던 날
살아있어 행복했던
아름다운 세상

그대와의 이별의 시간
나는 나의 길로 당신은 당신의 길로
하나가 둘이 되던 날
살아있어 힘겨웠던
고독한 세상

그대를 향한 추억의 시간
당신과 나 세상에서 함께하는 동안
기쁨의 환희 행복의 나래
아련한 기억으로 남는
회고의 세상

너에게 주고 싶다

이 세상에서
가장 좋은 것이 있다면
너에게 주고 싶다

이 세상에서
가장 귀한 것이 있다면
너에게 주고 싶다

이 세상에 내가 사는 동안
나에게 있는 모든 것을
너에게 주고 싶다

나에게 아무것도 없다 해도
내가 할 수 있는 고운 말
아름다운 생각 사랑하는 마음

마지막까지
내가 할 수 있는 모든 것을
너에게 주고 싶다 아낌없이

사랑입니다

내 마음에
믿음직한 당신이 있어
오늘 하루도 미소로 보냅니다

온 마음으로
사랑과 정성을 다하는 당신이 있어
오늘도 행복해하는 내가 있습니다.

내 생의 나날들
당신이 함께하기에
날마다 기쁜 날입니다

당신 한 사람으로 인해
온 세상이 마치
내 것만 같습니다

당신을 사랑합니다.
나의 마음속에 있는
당신은 언제나 나의 사랑입니다.

행복

나무와 풀은 바람을
마주해야 행복하고

꽃과 벌은 향기와
마주해야 행복하지만

가슴 가득 그대 생각하는 나는
당신과 함께일 때 행복합니다

나 그대에게

나 그대에게
한 그루 나무가 되어 우거진 숲에서
그늘이 주는 고마움을 선물해주고 싶다

나 그대에게
한 송이 꽃이 되어 꽃들의 정원에서
아름다운 풍경이 주는 작은 행복을 선물해주고 싶다

나 그대에게
푸른 잔디가 되어 초록의 뜰에서
넓고 푸르름이 주는 싱그러움을 선물해주고 싶다

나 그대에게
마음속 별이 되어 은하수 강가에서
사랑으로 빛나는 영원한 별이 되어주고 싶다

그대 인가요

햇살 좋은 날 길을 걷다가
시원한 바람이 불어와
하늘을 향해 눈을 감았어요

내 머릿결을 스치고
얼굴을 간지럽히며
그게 나라고 말하는 듯했어요

구름이 많은 날 길을 걷다가
빗방울이 방울방울 떨어져
비를 향해 눈을 감았어요

내 어깨에 톡톡 떨어지고
감은 두 눈에 눈물처럼 퍼지며
그게 나라며 알려주는 듯했어요

내 가슴 속에 살다가
어느 날 어느 순간
홀연히 떠난 그대인가요

고마워요. 내 곁에 있어 줘서

꽃과 나비가
바람과 구름이
별빛과 달빛이

내가 아는 많은 사람이
나를 아는 모든 사람이
그리고 사랑하는 그대가

살아 있어 주어서
내게 와 주어서
내 곁에 있어 주어서

고마워요

나무 한 그루 심는다

봄 햇살 한 아름 따다가
스치는 바람 한 점 데려다
행복이라는
나무 한 그루 심는다

밝은 마음의 창가에
초록빛 싱그러움이 문을 두드릴 때
사랑이라는
나무 한 그루 심는다

새벽이슬이 전하는 작은 기도와
믿음으로 잔잔한 뿌리 내릴
소망이라는
나무 한 그루 심는다

나는 오늘도
내일의 꿈이 꽃으로 피어나
아름다운 열매를 맺는
마음속 나무 한 그루 심는다

내 마음의 열쇠 당신을 사랑합니다

별이 하늘에서 반짝거리는 한
영롱한 이슬이 새벽을 밝히는 한
숨을 쉬기만 한다면 당신을 사랑할 것입니다

당신은 축복이며 특별한 선물
내 마음의 열쇠 당신과 함께 하는 곳이라면
내게는 그곳이 낙원입니다

즐거움과 평화의 삶
내 인생을 완성 시켜준 당신의 자리는
아무도 대신 할 수 없습니다

내 마음 내 영혼의 열망
내 눈을 감고 있는 동안 당신을 만나고
내 눈을 뜨고 있는 동안 나는 당신을 만납니다

연서

당신은 나에게 일어난 최고의 기적
지금까지 연주한 최고의 노래
지금까지 그려진 최고의 그림과 같습니다

내가 당신에 대해 어떻게 생각하는지
표현할 단어가 세상에는 없어
끊임없이 그 말을 찾고 있지만
그 모두는 내가 진정으로 느끼는 것보다 작아 보입니다

당신은 내 생명 내 마음
내 영혼 내 진정한 사랑이지만
마음에 드는 사랑의 연서 그 말을 찾을 때까지
영원히 나와 함께 할 내 운명입니다

행복하다

아름다운 세상
하늘과 바다 사이에서
만난 인연이 행복하다

우리들의 순수한 웃음소리는
하늘과 바다에서
창공과 파도를 넘나들며 행복해한다

한 편의 시를 쓰고
한 편의 시를 낭송하는
우리들의 삶이 행복하다

드넓은 바다와 아우러진
문학에 대한 열정과 시를 사랑하는
시인의 삶이 행복하다.

지금처럼 그리고 늘

이른 아침 눈을 뜨면
가장 먼저 생각나는 사람
어디서나 마음에 담을 수 있는 꽃내음처럼
향기의 말을 남기는 당신입니다

차 한잔을 마셔도
제일 먼저 생각나는 사람
언제나 뜨거운 가슴으로
열정적인 삶을 살아가는 당신입니다

오늘 하루를 펼쳐놓고
높은 하늘 깊은 그리움으로
나의 삶을 미소짓게 하는 당신을
가슴에다 눈에다 담습니다

언제나 오늘처럼
아름다운 하루를 시작하면서
사랑스러운 당신이 기쁨으로 다가와
지금처럼 늘 먼저였으면 좋겠습니다

그대가 그리운 날은

그대가 그리운 날은 하늘을 봅니다
어디선가 그대도 하늘을 보며
나를 생각해 줄 것만 같아서

그대가 그리운 날은 바다를 봅니다
언젠가 그대와 함께 거닐었던 바다를
그대가 다녀갈 것만 같아서

그대가 그리운 날은 무작정 걸어봅니다
꽃길 숲길 따라 어디선가 하염없이
당신도 걷고 있을 것 같아서

아~오늘은
그대가 무척이나 그리운가 봅니다
무엇을 하던 어디에 있든
그대 생각이 가득한 걸 보니

별이 잠든 하늘 꽃이 잠든 바다

별빛 쏟아지는 밤하늘
그대는 별이 되어 고독 속에 태어나
잠 못 드는 밤 숱한 날을 세우다
호기심 많은 별 되어 가슴속 별을 찾아 길을 떠났네
또 다른 별이 되어 밤하늘에서 별처럼 빛나겠지
그리고 세상에는 늘 다른 별이 태어난다

꽃들이 피어나는 한적한 바닷가
그녀는 꽃이 되어 고뇌 속에 피어나
모진 세월 견디며 세레나데를 부르다
추억 많은 꽃 되어 마음속 꽃을 찾아 길을 떠났네
또 다른 꽃이 되어 한적한 바닷가에서 꽃처럼 살겠지
그리고 세상에는 늘 다른 꽃이 피어난다

저마다의 가슴에 일렁이는 그리움으로
빛나는 별이 되고 아름다운 꽃이 되어
따뜻한 가슴에 안기어 잠이 들겠지
별이 잠든 하늘 꽃이 잠든 바다
그리고 세상에는
늘 별이 태어나고 꽃이 핀다

당신의 그리운 꽃이 되고 빛나는 별이 되어

바람이 불면 흔들릴지라도
비가 내리면 젖을지라도
가슴속 그리움의 꽃으로 피어나
아름다운 꽃향기 날리우는
당신의 꽃으로 살겠습니다

햇살 눈 부신 날이나
무지개 뜨는 날에도
가슴속 애틋한 별이 되어
아름다운 밤하늘 수놓으며
당신의 별이 되어 살겠습니다

반짝이는 인생 여정의 길
내 영혼을 깨우는 잔잔한 물결처럼
노을에 물들어가는 황금빛 그리움으로
별이 되고 꽃이 되어 도란도란 이야기꽃 피우며
진실한 사랑을 나누며 살아가겠습니다

전선희 시집

초판 1쇄 : 2017년 12월 1일

지 은 이 : 전선희

펴 낸 이 : 김락호

디자인 편집 : 이은희

기 획 : 시사랑음악사랑

인 쇄 : 청룡

연 락 처 : 1899-1341

홈페이지 주소 : www.poemmusic.net

E-Mail : poemarts@hanmail.net

정가 : 10,000원

ISBN : 979-11-86373-95-8